La minestra del sabato della nonna

Grandma's Saturday Soup

Written by Sally Fraser

Illustrated by Derek Brazell

Italian translation by Michela Masci

Lunedì mattina la mamma mi ha svegliato presto.
"Alzati, Mimi, e preparati per andare a scuola."
Mi sono alzata tutta stanca e assonnata, e ho tirato le tende.

Monday morning Mum woke me early.
"Get up Mimi and get dressed for school."
I climbed out of bed all sleepy and tired,
and pulled back the curtains.

Era una mattina fredda e nuvolosa.
Le nuvole nel cielo erano bianche e soffici.
Mi ricordavano gli gnocchi nella minestra
del sabato della nonna.

The morning was cloudy and cold.

The clouds in the sky were white and fluffy.

They reminded me of the dumplings in Grandma's Saturday Soup.

La nonna mi racconta storie sulla Giamaica quando vado a casa sua.

Grandma tells me stories about Jamaica when I go to her house.

"Le nuvole in Giamaica portano una pioggia torrenziale.
È come se qualcuno aprisse un rubinetto nel cielo.
La brezza calda le spinge oltre e torna il sole."

"The clouds in Jamaica bring the heaviest rain.
It's like someone has turned the tap on in the sky.
The warm breeze moves them on and the sun comes out again."

Martedì mattina papà mi ha accompagnato a scuola.
Faceva un freddo pungente; la notte aveva nevicato.

Tuesday morning Dad took me to school.
The day was cold and crisp; it had snowed in the night.

Tutto è bianco e liscio e sembra l'interno di una patata dolce affettata.
Proprio come la patata dolce nella minestra del sabato della nonna.

It's white and smooth and looked like the inside of a sliced yam.

Just like the yam in Grandma's Saturday Soup.

La nonna mi racconta che la sabbia bianca fina sulle spiagge sembra neve fresca, ma non è mai fredda.

Grandma tells me that the white powdery sand on the beaches looks like fresh snow but it's never cold.

Chissà se potrei fare un pupazzo
di sabbia con la sabbia bianca?
Non sarebbe buffo?!

I wonder if I could make a sandman with the white sand?
Wouldn't that be funny?!

Mercoledì ha nevicato più forte.
Faceva freddo ma ero ben imbacuccata.
La nonna mi racconta storie sulla Giamaica
quando vado a casa sua.

Wednesday the snow fell harder. It was cold but I was wrapped up warm.
Grandma tells me stories about Jamaica when I go to her house.

"*Il sole splende ogni giorno. Il sole è caldo sulla pelle e basta portare pantaloncini e maglietta.*"
Caldo ogni giorno? Pantaloncini e maglietta?
Non posso crederci.

"*The sun shines every day. The sun is warm on your skin and you only need to wear your shorts and a T-shirt.*"
Warm every day? Shorts and T-shirt? I can't believe that.

Durante la ricreazione abbiamo fatto
palle di neve e ce le siamo lanciate.

At afternoon play we made snowballs
and threw them at each other.

The snowballs remind me of the round soft potatoes in Grandma's Saturday Soup.

Le palle di neve mi hanno ricordato le patate tonde e morbide nella minestra del sabato della nonna.

Giovedì, dopo la scuola, sono andata in biblioteca
con la mia amica Layla e la sua mamma.

On **Thursday** I went to the library
after school with my friend Layla
and her Mum.

Passando vicino al parco, abbiamo visto i piccoli bulbi
che cominciavano a spuntare. I piccoli germogli verdi
facevano capolino attraverso la neve. Sembravano le
cipolline nella minestra del sabato della nonna.

As we passed the park we saw the little bulbs starting to grow.
The little green shoots poked through the snow. They looked
like the spring onions in Grandma's Saturday Soup.

Grandma tells me about the wonderful plants and flowers in Jamaica.
"In Jamaica the most beautiful flowers grow wild.
They are all different colours and sizes
and their smell fills the air."
I've never seen flowers like that before,
I wonder if she's only joking?

*La nonna mi parla delle piante e dei fiori meravigliosi
della Giamaica.
"In Giamaica i fiori più belli sono selvatici. Sono di ogni
colore e misura e riempiono l'aria del loro profumo."*
Non ho mai visto prima dei fiori come questi.
Chissà se sta solo scherzando?

Venerdì mamma e papà erano in ritardo per il lavoro.
"Fa' presto Mimi. Prendi un frutto da portare a scuola."

On **Friday** Mum and Dad are late for work.

"Hurry Mimi, choose a piece of fruit to take to school."

Ho guardato la fruttiera piena di frutta.
Scelgo un'arancia, una mela o una pera?
La mela e la pera; il loro colore e la loro forma mi hanno
ricordato il chayote nella minestra del sabato della nonna.

I looked at the bowl full of fruit.

Should I choose an orange, an apple or a pear?

The apple and pear; their colour and shape remind me

of the cho-cho in Grandma's Saturday Soup.

La nonna mi parla della frutta della Giamaica.
"In Giamaica puoi andare a scuola e cogliere un frutto da un albero,
un mango maturo, dolce e succoso."

Grandma tells me about the fruits in Jamaica.

"In Jamaica you can walk to school and pick a piece of fruit

from a tree, a ripe mango all juicy and sweet."

Dopo la scuola, come premio per aver preso dei bei voti, mamma e papà mi hanno portato al cinema.
Quando siamo arrivati il sole splendeva, ma faceva ancora freddo.
Penso che stia arrivando la primavera.

After school, as a treat for good marks, Mum and Dad took me to the cinema.

When we got there the sun was shining, but it was still cold.

I think springtime is coming.

Il film era bello e quando siamo usciti il sole stava tramontando sulla città.
Mentre tramontava era grande e arancione, proprio come la zucca nella
minestra del sabato della nonna.

The film was great and when we came out the sun was setting over the town.
As it set it was big and orange just like the pumpkin in Grandma's Saturday Soup.

La nonna mi parla delle albe e dei tramonti in Giamaica.
"Il sole sorge presto e ti fa sentire bene e pronto a iniziare la giornata."

Grandma tells me about the sunrise and sunsets in Jamaica.
"The sun rises early and makes you feel good and ready for your day."

"*Quando tramonta, esce la luna, seguita da un milione di stelle che sembrano diamanti luccicanti nella notte.*"
Un milione di stelle. Non posso neanche immaginarne tante.

"*When it sets and the moon comes out she is followed by a million stars that look like diamonds twinkling in the night sky.*"
A million stars, I can't even imagine that many.

Sabato mattina sono andata a lezione di danza.
La musica era lenta e triste.

Saturday morning I went to my
dance class.
The music was slow and sad.

La nonna mi parla dei ritmi della musica calipso e dei tamburi d'acciaio, della gente che suona all'ombra di un albero. Un albero meraviglioso con foglie lunghe come le strisce della buccia di una banana verde. "La musica ti fa sentire felice e ti mette voglia di ballare."

Grandma tells me about the rhythms of calypso music and steel drums, of people playing under the shade of a tree. A wonderful tree with long leaves that look like the strands of skin from a green banana. "The music makes you happy and want to dance."

La mamma è venuta a prendermi dopo la lezione. Eravamo in automobile.
Siamo andate giù per la strada e oltre la mia scuola. Al parco abbiamo girato a sinistra
e abbiamo superato la biblioteca. Attraversata la città, ecco il cinema; ancora poco.

Mum picked me up after class. We went by car.
We drove down the road and past my school. We turned left at the park and on past the
library. Through the town, there's the cinema and not much further now.

Avevo fame. Tanta fame. Finalmente siamo arrivate dalla nonna.

I was hungry. Really hungry. At last we arrived at Grandma's.

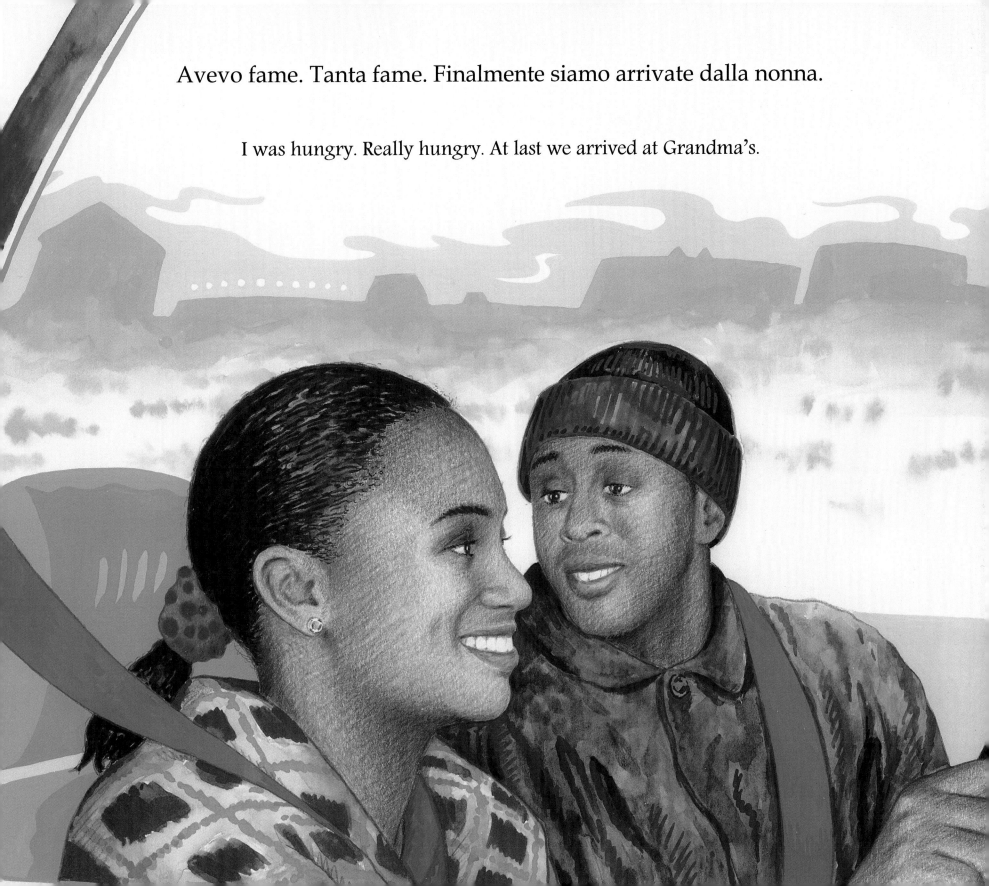

Sono corsa alla porta e ho sentito un
profumino delizioso.
Banane verdi, chayote e patate dolci,
gnocchi, patata e zucca...

I ran to the front door and could smell a delicious smell.
It's green bananas, cho-cho and yams, dumplings, potato,
and pumpkin...

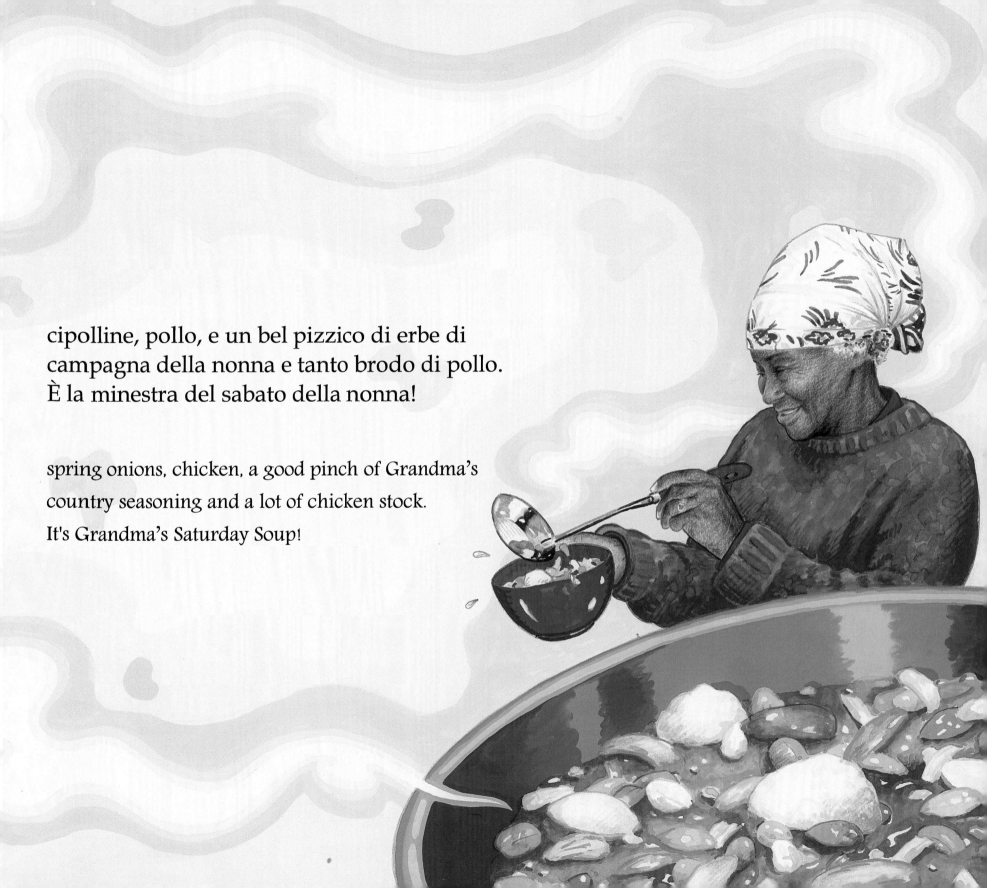

cipolline, pollo, e un bel pizzico di erbe di campagna della nonna e tanto brodo di pollo. È la minestra del sabato della nonna!

spring onions, chicken, a good pinch of Grandma's country seasoning and a lot of chicken stock.
It's Grandma's Saturday Soup!

Domenica abbiamo invitato degli amici a cena a casa nostra.
Mamma e papà cucinano bene; il loro cibo è buono,
ma il piatto che mi piace più di ogni altro al mondo
è la minestra del sabato della nonna.

On **Sunday** we had friends at our house for dinner.
Mum and Dad are good cooks, their food is nice but my favourite
food in the whole wide world is **Grandma's Saturday Soup**.